MW00478749

DP 0208122242

IN NOME DELLA
MADRE
I ED
DE LUCA ERR.

FELTRINELLI

UNIVERSALE
ECONOMICA
FELTRINELLI

Erri De Luca è nato a Napoli nel 1950. Ha pubblicato con Feltrinelli: *Non ora, non qui* (1989), *Una nuvola come tappeto* (1991), *Aceto, arcobaleno* (1992), *In alto a sinistra* (1994), *Alzaia* (1997, 2004), *Tu, mio* (1998), *Tre cavalli* (1999), *Montedidio* (2001), *Il contrario di uno* (2003), *Mestieri all'aria aperta. Pastori e pescatori nell'Antico e nel Nuovo Testamento* (con Gennaro Matino; 2004), *Solo andata. Righe che vanno troppo spesso a capo* (2005), *Almeno 5* (con Gennaro Matino; 2008), *Il giorno prima della felicità* (2009), *Il peso della farfalla* (2009), *E disse* (2011), *I pesci non chiudono gli occhi* (2011), *Il torto del soldato* (2012), *La doppia vita dei numeri* (2012), *Ti sembra il Caso?* (con Paolo Sassone-Corsi; 2013), *Storia di Irene* (2013), *La musica provata* (2014; il libro nella collana "I Narratori", nella collana "Varia" il dvd del film), *La parola contraria* (2015), *Il più e il meno* (2015), il cd *La musica insieme* (2015; con Stefano Di Battista e Nicky Nicolai), *Sulla traccia di Nives* (2015), *La faccia delle nuvole* (2016), *La Natura Esposta* (2016), *Morso di luna nuova. Racconto per voci in tre stanze* (2017), *Diavoli custodi* (2017; con Alessandro Mendini), *Pianoterra* (2018), *Il giro dell'oca* (2018), *Anni di rame* (2019) e, nella serie digitale Zoom, *Aiuto* (2011), *Il turno di notte lo fanno le stelle* (2012) e *Il pannello* (2012). Per i "Classici" dell'Universale Economica ha tradotto l'*Esodo, Giona*, il *Kohèlet*, il *Libro di Rut*, la *Vita di Sansone*, la *Vita di Noè* ed *Ester*; ha curato *L'ospite di pietra. L'invito a morte di don Giovanni. Piccola tragedia in versi*, di Aleksandr Puškin e *Canto del popolo yiddish messo a morte*, di Itzhak Katzenelson (2019). Sempre per Feltrinelli ha tradotto e curato *L'ultimo capitolo inedito de La famiglia Mushkat. La stazione di Bakhmatch* di Isaac B. Singer e Israel J. Singer (2013).

ERRI DE LUCA
In nome della madre

© Giangiacomo Feltrinelli Editore Milano
Published by arrangement with Susanna Zevi Agenzia letteraria, Milan.
Prima edizione ne "I Narratori" settembre 2006
Prima edizione nell'"Universale Economica" maggio 2019

Stampa Nuovo Istituto Italiano d'Arti Grafiche - BG

ISBN 978-88-07-89237-0

FSC
www.fsc.org
MISTO
Carta
da fonti gestite in
maniera responsabile
FSC® C115118

www.feltrinellieditore.it
Libri in uscita, interviste, reading,
commenti e percorsi di lettura.
Aggiornamenti quotidiani

razzismobruttastoria.net

Привыкай, сынок, к пустыне.
Abìtuati, figlio, al deserto.

IOSIF BRODSKIJ

Premessa

Le notizie su Miriàm/Maria provengono dalle pagine di Matteo e di Luca. Qui s'ingrandisce un dettaglio da loro accennato: l'accensione della natività nel corpo femminile, il più perfetto mistero naturale.

È in fondo senza peso, lo sputo di un minuto, il concorso maschile. In questa storia manca senza che se ne senta la mancanza.

Non è scritto nei loro libri che nella stalla c'erano levatrici o altro personale intorno al parto. Quello che non è scritto fa ugualmente parte del racconto: non c'erano. Partorì da sola. Questo è il maggior prodigio di quella notte di natività: la perizia di una ragazza madre, la sua solitudine assistita. Altro che stella cometa e Magi tre su piste cammelliere: la sapienza di parto di Miriàm/Maria.

Qui s'ingrandiscono dettagli per tentare una vicinanza.

"In nome del padre": inaugura il segno della croce. In nome della madre s'inaugura la vita.

Prologo

Maestrale di marzo

Non è strano in natura inseminarsi al vento,
come i fiori.
Fiore è il nome del sesso delle vergini,
chi lo coglie, sfiora.
Miriàm/Maria fu incinta di un angelo in
avvento
a porte spalancate, a mezzogiorno.
Il vento si avvitò al suo fianco
sciogliendo la cintura lasciò seme nel grembo.
Fu salita senza scostare l'orlo del vestito.
Al primo raccolto del grano contava tre mesi
dal maestrale di marzo che le baciò il respiro
facendola matrice di un figlio di dicembre,
che è luna di kislev[*] per lei Miriàm/Maria
ebrea di Galilea.

[*] Kislev: mese lunare ebraico tra novembre e dicembre.

Prima stanza

Glielo dissi il giorno stesso. Non potevo stare una notte con il segreto. Non trascorrerà intero il giorno sulla rottura della tua alleanza. Eravamo fidanzati. Nella nostra legge è come essere sposati, anche se non ancora nella stessa casa. Ed ecco che ero incinta.

La voce del messaggero era arrivata insieme a un colpo d'aria. Mi ero alzata per chiudere le imposte e appena in piedi sono stata coperta da un vento, da una polvere celeste, da chiudere gli occhi. Il vento di marzo in Galilea viene da nord, dai monti del Libano e dal Golan. Porta bel tempo, fa sbattere le porte e gonfia la stuoia degli ingressi, che sembra incinta. In braccio a quel vento la voce e la figura di un uomo stavano davanti a me.

Nella nostra storia sacra gli angeli hanno un normale corpo umano, non li distingui. Si sa che sono loro quando se ne vanno. Lasciano un dono e pure una mancanza. Neanche Abra-

mo li ha riconosciuti alle querce di Mamre, li
ha presi per viandanti. Lasciano parole che sono semi, trasformano un corpo di donna in
zolla di terra.

Ero in piedi e l'ho visto contro luce davanti
alla finestra. Ho abbassato gli occhi che avevo
riaperto. Sono sposa promessa e non devo
guardare in faccia gli uomini. Le sue prime
parole sul mio spavento sono state: "Shalòm
Miriàm". Prima che potessi gridare, chiamare
aiuto contro lo sconosciuto, penetrato nella
stanza, quelle parole mi hanno tenuto ferma:
"Shalòm Miriàm", quelle con cui Iosef si era
rivolto a me nel giorno del fidanzamento.
"Shalòm lekhà",* avevo risposto allora. Ma
oggi no, oggi non ho potuto staccare una sillaba dal labbro. Sono rimasta muta. Era tutta
l'accoglienza che gli serviva, mi ha annunciato
il figlio. Destinato a grandi cose, a salvezze,
ma ho badato poco alle promesse. In corpo,
nel mio grembo si era fatto spazio. Una piccola anfora di argilla ancora fresca si è posata
nell'incavo del ventre.

* Pace a te.

16

Il mio Iosef, bello e compatto da baciarsi le dita, si stringeva le braccia contro il corpo, cercava di tenersi fermo, ripiegato come col mal di pancia. La notizia per lui era una tromba d'aria che scoperchiava il tetto. Tentava un riparo con il corpo, smarrito in faccia, i muscoli che saltavano fuori dalle braccia. Si proteggeva il ventre teso e magro, non si permetteva di toccarmi, di scuotere la mia calma così opposta al suo sgomento, senza poter fingere un po' di agitazione.

Ero in piedi, schiena dritta, un'agilità nuova mi dava slancio, mi accorgevo di essere più alta e più leggera precisamente al centro del corpo, sotto le costole nell'ansa del ventre. Là dove lui accusava il colpo e il peso coi muscoli contratti di un atleta sotto sforzo, io ricevevo una spinta dal basso verso l'alto da aver voglia di mettermi a saltare.

I suoi capelli a ciuffi scossi sbattevano sulla fronte chiara, ballavano davanti agli occhi. Glieli misi in ordine con un paio di carezze svelte. Nel suo scompiglio era ancora più bello.

"Cos'altro ha detto, cos'altro", chiedeva Iosef affannato con la testa tra le mani, gli occhi a terra. "Sforzati di ricordare, Miriàm, è importante, cos'altro voleva far sapere?"

Gli uomini danno tanta importanza alle parole, per loro sono tutto quello che conta, che ha valore. Iosef le voleva per poterle serbare, riferire. Immaginò subito le conseguenze legali. L'annuncio aveva rotto la nostra promessa. Ero incinta di un angelo in avvento, prima del matrimonio. Perciò chiedeva altre parole da riportare all'assemblea, in cerca di una difesa di fronte al villaggio.

"Cos'altro ha detto, Miriàm? Ti prego, sforza la memoria, è accaduto solo poche ore fa." "Ero sopra pensiero, Iosef, stupita da un rimescolio del corpo, dalla polvere chiara che mi aveva investito senza lasciare traccia a terra, solo addosso. Ce l'ho ancora, la vedi?" "Lascia stare la polvere, pulirai dopo, adesso aiutami, cosa racconterò agli anziani?"

Mentre accadeva guardavo in basso, la veste fino ai piedi. Sotto, il mio corpo chiuso era calmo come un campo di neve. Mentre parlava io diventavo madre. Gli uomini hanno bisogno di parole per consistere, quelle dell'angelo per me erano vento da lasciar andare. Portava parole e semi, a me ne bastava uno.

Ero rimasta in piedi innanzi a lui e in piedi

stavo davanti a Iosef. Lui sedeva, si alzava, si risedeva, chiedeva di mettermi seduta, ma restavo in piedi. Eravamo promessi ed era già un atto grave stare soli sotto lo stesso tetto. Avevo chiesto il colloquio, l'avevano concesso ma c'era stato un gran trambusto, ed era quasi sera. E poi non volevo sedermi. Con le mani intrecciate sul ventre piatto mi toccavo la pelle per sentire sulla punta delle dita la mia vita cambiata. Era per me il giorno uno della creazione.

Mi sforzavo di ricordare qualcosa per consolarlo. Mi stava a cuore il suo sgomento, m'importava di lui mortificato dalla rottura del nostro patto di unione.

Non m'importava delle conseguenze, da un'ora all'altra io non appartenevo più alla legge. Provavo a ricordare, ma mi veniva solo un'allegria, una festa per quella nicchia in corpo che mi faceva madre senza aiuto di uomo. *Nische*

Sotto la sua preghiera ricordai qualcosa: "Berukhà att'miccòl hannashìm", benedetta tu più di tutte le donne. "Berukhà?", "miccol hannashìm?", ripeteva stordito, spaesato. Sulle mani annerite dai calli cadevano lacrime bianche. "Non basta, Miriàm, non basta a spiegare, aiutami, ricorda, ricorda ancora."

"Basta, Iosef, basta, questo è quello che è successo oggi a mezzogiorno. Sono venuta a dirtelo. Fai di me quello che vuoi."

Iosef fu sorpreso dalla mia quiete. Si attaccò anche a lui. Si alzò in piedi, sollevò la testa, asciugandosi la faccia con il dorso di quelle mani sante che avrei voluto baciare. "Conosci la legge, Miriàm?" "Conosco la legge." "Per filo e per segno?" "Non bene come te, non tutte le parole. Spetta a voi uomini conoscerle a memoria. So le conseguenze."

"Lascia che ti ripeta i versi sacri. Vengono dal libro Devarìm*: *Quando sarà che una giovane vergine fidanzata a un uomo: e la troverà un uomo e giacerà con lei.*

E farete uscire loro due verso una porta della città, quella, e lapiderete loro con pietre e moriranno, la giovane per causa che non ha gridato nella città e l'uomo per causa che ha fatto violenza alla donna del suo compagno. E brucerai il male via dal tuo petto.

*** E se nel campo troverà l'uomo la donna, la*

---

* Deuteronomio.
** Traduco alla lettera senza spostare l'ordine delle parole nella frase ebraica. Qui si intende: se un uomo trova in un campo la fidanzata di un altro e la violenta, sarà messo a morte quell'uomo ma non la ragazza perché era sola e se pure ha gridato, nessuno poteva soccorrerla.

fidanzata, e farà forza in lei l'uomo e giacerà con lei: e morirà l'uomo che è giaciuto con lei, lui solo.

E alla giovane non farete alcuna cosa, non è per la giovane colpa di morte. Perché è come che si alzerà un uomo contro il suo compagno e lo ammazzerà, così è la cosa, questa.

Perché nel campo l'ha trovata, ha gridato la giovane, la fidanzata, e non c'è chi l'abbia ascoltata.

Eccola. È questa la legge che sta sopra di noi adesso."

"Ascoltami, Miriàm. C'è una possibilità. Tu domani vai da sola in campagna con un pretesto, in cerca di qualche erba invernale per fare un decotto. E torni a sera dal campo dicendo di essere stata aggredita e violata lì, di aver gridato, ma senza risposta. È già successo, si sa di altri casi di ragazze che sono riuscite a evitare così l'accusa di adulterio."

Guardai Iosef per la prima volta. Conoscevo la sua faccia serena anche sotto le mosche e la fatica. Ora vedevo un uomo desolato che provava a governare la situazione progettando menzogne. Quanto dev'essere importante per gli uomini la legge, per ridurli a questo. Dissi: "Quell'uomo messaggero è venuto da me a mezzogiorno, porte e finestre aperte, spalancate. Io mi sono trovata in piedi davanti a lui nella mia stanza e non ho pronunciato una sillaba, non ho neanche risposto al suo saluto, altro che gridi".

"Lo so Miriàm, ma ora dobbiamo trovare una soluzione, dare una versione della tua gravidanza fuorilegge. Miriàm, ti amo, ti chiedo questo perché ti credo e voglio salvarti. Miriàm, ti trascineranno alla porta di Nazaret e ti lapideranno. E chiederanno a me di scagliarti contro il primo sasso. Lo capisci questo? Lo capisci? La conosci la nostra legge." E le sue parole si strozzarono per non uscire in grido e farle andare fuori.

Gli ricordai che altre donne d'Israele erano state madri sotto un annuncio di angelo. Sara di Abramo, poi la madre di Sansone. "Erano mogli, Miriàm, erano mogli sterili, l'annuncio era poco più di un fertilizzante. I figli erano seme dei mariti, Isacco era di Abramo, Sansone di Manòah. Tu sei promessa, non ancora sposa e il figlio del tuo grembo non è mio."

Aveva ragione, gli uomini conoscono la storia sacra meglio delle donne, la possono studiare, noi no. Tacevo. Non m'importava. Quello che facevano gli uomini con le loro parole, attaccati alle loro formule come chiodi nel legno: non m'importava.

C'erano state donne in Israele che avevano avuto ragione contro la legge. Avevano agito con il loro corpo contro i comandamenti ed erano diventate madri d'Israele. Tamár la cananea sposa due figli di Giuda che muoiono senza lasciarla incinta. Giuda le promette il terzo, ma poi si rimangia l'accordo. Allora Tamár si veste da prostituta e si vende velata a Giuda che non la riconosce. Siccome non ha con sé denaro, lascia in pegno il bastone e il laccio con il sigillo. Manda il suo servo il giorno seguente con il compenso ma non la trova. Poi si sparge la voce che Tamár è incinta. Giuda che è il capo della comunità l'accusa di adulterio e la condanna al fuoco. Tamár esibisce i pegni e dice di essere incinta del loro proprietario. Giuda li riconosce e dice davanti alla comunità la più bella frase che un uomo d'Israele possa dire di una donna: "È stata più giusta di me".

Tamár ha infranto la legge per poterla applicare, perché aveva diritto di essere madre in Israele. Bello il nome Tamár, palma che vuole fare frutti.

Questi pensieri mi passavano a sciame nella testa, ma non li dicevo. "Cos'hai Miriàm? Sorridi? Non abbiamo tempo, è già buio e l'incontro non può durare ancora. Dobbiamo separarci e non abbiamo deciso niente."

Ero felice. Avrei voluto abbracciare il mio Iosef, per lui mi era salita in petto una tenerezza mai provata. Il rispetto, la soggezione che ci insegnano verso l'autorità maschile, abbassano i sentimenti affettuosi. Ma l'annuncio dell'angelo e la risposta del mio corpo quel giorno mi avevano affrancato. Non arrossivo, la fiducia di essere nel giusto mi dava la prontezza necessaria e un contegno nuovo. Anche il mio silenzio era cambiato.

Con la tenerezza venne la gratitudine. Mi aveva creduto. Contro ogni evidenza si affidava a me. Sulla sua bella faccia non s'era mosso neanche un muscolo del sospetto, un aggrumo di ciglia, uno sguardo di sbieco. E aveva visto la sua Miriàm per la prima volta, perché era la prima volta che lo guardavo in faccia senza abbassare la fronte, come neanche le mogli osano fare. Mi aveva creduto, ero felice e calda di gratitudine per lui. "Fai quello che è giusto, Iosef. Io oggi sono tua più di prima, più della promessa."

Seconda stanza

chissà - wer weiß
ridicato - angedreht

Quella notte Iosef sognò. Me lo ha raccontato in seguito. Sognò un angelo che gli ordinava il necessario. Al mattino riunì la famiglia e dichiarò la sua decisione; sposava Miriàm alla data prevista di settembre, anche se era incinta. Sotto la tenda della cerimonia si sarebbe vista la mia gravidanza.

Non ascoltò ragioni. Fu uno scandalo. Il villaggio era contro di lui.

"Si è fatto abbindolare da Miriàm, gli ha rifilato chissà che storia e lui se l'è bevuta."

"Iosef è un ingenuo."

"Iosef non è un uomo."

"Iosef ha infranto la legge."

"Non ha neanche fatto ricorso alla legge delle gelosie.* Poteva almeno farle bere l'acqua amara davanti al sacerdote."

* Legge delle gelosie, nel libro Numeri/Bemidbar 5, 12-31.

"E perché? Non è geloso, se la tiene così, piena di un altro."

"Ma sì, non è dei nostri, non è un galileo, è uno della stirpe di Giuda, è un betlemmita. Se ne tornasse là con la sua adultera e il bastardo."

Grandinavano insulti sulle sue spalle. Si stava facendo lapidare al posto mio. E io non potevo stargli vicino, baciargli le mani, farlo sorridere, perché sorrideva sempre al mio sorriso.

Dovette lasciare la bottega di falegname dov'era il primo aiutante. Ne aprì una sua minuscola con pochi attrezzi presi a credito. Ma era il più bravo tagliatore e la gente doveva per forza rivolgersi a lui. Non parlava con i clienti perché nessuno voleva parlare con lui, solo la breve trattativa sul prezzo e la consegna.

Al sabato alla casa di preghiera sedevamo nei settori separati degli uomini e delle donne ed eravamo isolati. Dovevamo aspettare. Intanto era tempo di mietitura e in molti avevano bisogno di arnesi nuovi. Iosef lavorava molto, i manici delle sue falci erano i migliori. Intorno a lui il silenzio cominciò a cedere, i primi saluti in piazza, i complimenti per la qualità dei suoi legni. Rispondeva senza orgoglio e senza la cordialità di prima.

E poi c'era altro da pensare. L'occupazione della nostra terra da parte degli eserciti di Roma procurava rivolte e persecuzioni. Molti giovani ebrei morivano appesi alle croci di legno, lo strumento di morte inventato dai Romani per esporre in piena vista i condannati. Avevano fissato nuovi tributi, si sentiva parlare di censimento obbligatorio. Volevano contarci per spremerci meglio.

Le donne di Nazaret mi guardavano la pancia.

"La svergognata gliel'ha data a bere, ma con noi non la spunta."

"Guardate che aria da santarella."

"Voglio proprio vedere a chi somiglia il bastardo che porta nella pancia."

"Che frottola ha detto? Quella del Salvatore, figlio dell'angelo? Sai che risate se nasce femmina."

Le donne sputavano dietro il mio passaggio. Uscivo per la funzione del sabato. Ai loro insulti tiravo più dritta la schiena, più in fuori la pancia. Dicevo a bassa voce e per scongiuro: "Lo stesso pure a voi, benedizione per benedizione". Avevo paura del loro malocchio.

Però ero felice. Essere piena, crescere come la luna, contare le settimane come per il travaso del vino, non avere il ciclo, tutto era una purezza che mi ubriacava di gioia. Di notte scostavo la tenda e respiravo il vento del cielo.

Dicono che le gravide hanno disgusti, vomiti, a me invece si era sviluppato l'odorato. Mi arrivavano odori da lontano, li distinguevo. Riconoscevo quello di colla di pesce che Iosef rinforza con resina di pino. Il naso era diventato così preciso da poterlo vedere, il mio Iosef all'opera. Anche i cattivi odori erano più aggressivi. Fui la prima a sapere dal naso che si avvicinava una legione romana di passaggio.

Mi spaventavo a ogni colpo di vento, per timore di trovarmi di fronte un'altra volta lo straniero. Non era suo quel seme, lui l'aveva portato da chissà dove. Non rivenne. Per la durata della gravidanza non si affacciò nel vento e neanche in sogno.

Restai in casa tutta la primavera e l'estate. Le nozze erano stabilite alla fine di settembre, al termine dei lavori nei campi.

Alla bottega di Iosef arrivavano molte richieste. S'era preso un aiutante. Una donna venne a dire a mia madre che Iosef aveva osato rifiutare un lavoro ordinato dai Romani. Protestava che da noi a Nazaret le cose finora erano andate lisce con quelli, e poi per il lavoro pagavano bene.

"Quel vostro Iosef di Giuda, quel meridionale, lavora bene però è meglio se non s'impiccia di politica. Qui non vogliamo contrasti coi Romani. Diteglielo voi che siete galilea come noi."

Sorridevo nella mia stanza al mio Iosef che sapeva dire sì a me e no a tutto il resto del mondo.

Signore, Adonái, la tua frase rivolta a nostra madre Eva: "In sforzo farai nascere figli", non mi spaventa. È giusta l'ora delle spinte in fuori, dello sforzo. Ce ne vorrà molto per staccarmi il bambino. Stiamo così bene in due in un corpo solo. Benedetto lo sforzo che ci imponi.

In questi giorni di fine estate prima delle nozze espongo il corpo al sole sul tetto al primo mattino, con la scusa di girare i fichi messi a seccare. Scopro il ventre, così attraverso di me arriva luce a lui. Gliela racconto: "È quella che ti aspetta fuori. Non serve solo a vedere in lontananza, è pure calore. Senti l'ondata

che ci copre mentre siamo stesi? Si chiama sole. Gli occhi non ce la fanno a guardarlo, ma i
tuoi sì, protetti dall'acqua del grembo".

Le donne del nostro popolo si coprono per
non esporsi e perdere il bianco segreto della
pelle. A me piace invece il segno del sole sul
collo dei braccianti, sul dorso delle mani. In
queste albe salgo a riceverlo, così il bambino
impara la luce, non si spaventerà quando uscirà all'aperto. Gli piace già, sta a pancia in su
come i cuccioli. Gli racconto: "Più del giorno
ti stupirà la notte. È un grande grembo straca-
rico di luci. Nelle sere d'estate qualcuna si
stacca e viene vicino, fischiando. In mezzo a
loro passa una via bianca, un siero di latte,
quando lo vedrai vorrai succhiarlo. Pensa che
io sono una di quelle luci e intorno a me c'è un
ammasso di altre. Così è la notte, una folla di
madri illuminate, che si chiamano stelle: di tutte loro, solo io la tua. A guardarle fanno spa-
lancare gli occhi e allargare il respiro. Ma tu
non sai ancora cosa è, il respiro. È questo su e
giù del petto che ti dondola".

È ora di rientrare al coperto, il segno è
quando comincia il sudore. Chissà se succede

ad altre donne incinte di parlare alla creatura chiusa dentro. Lo strano per me è che io credo di rispondere a delle domande tue. Bisogna proprio che tu esca di lì, giovanotto, e che ci presentiamo. Io sono Miriàm e tu, tu chi sei?

Guardo le donne che hanno già partorito, i loro bambini sudati nei fagotti e non sono curiosa di loro. Il mio non lo terrò dentro le fasce, lo farò sgambettare come fa nel grembo. Il mio non sarà come i loro. Ahi, che spinta mi hai dato. Protesti con tua madre per il suo orgoglio? Fai bene, così non mi monto la testa. Non ho niente di speciale, sono il tuo recipiente. Va bene, rassomiglierai a loro, avrai il moccio al naso e farai starnuti. Però sei stato messo dentro di me da un fiato di parole, non da un seme. Sarai pieno di vento.

A fine estate a mietiture e vendemmie fatte fummo sposi. A Nazaret si celebrano in questo tempo molti matrimoni e si moltiplicano gli inviti. Ma non si può ballare a due feste di nozze contemporaneamente, così gli invitati non vennero alla nostra. Solo parenti stretti e nessuno di più alle nozze della vergine incinta. Iosef era serio ma il suo corpo sorrideva per lui. Mi strinse la mano sotto la tenda stesa del baldacchino sbattuto dal vento. La sua mano aspettata che mi aveva protetto, non mi aveva accusato, non aveva sollevato la prima pietra che spetta al marito dell'adultera, la sua mano ispessita di lavoro e di schegge: tremava intorno alla mia che riposava finalmente chiusa dentro la sua.

Quella notte parlammo fino all'alba. Iosef disse: "Miriàm, aspetterò la nascita di tuo figlio per toccarti. Aspetterò che si compiano i tuoi giorni. Non profanerò con la mia carne il tuo grembo riempito con l'annuncio". Gli chiesi se questo era un ordine dell'angelo, rispose di no, questa era la sua volontà. "È anche figlio tuo, Iosef, hai difeso la sua vita. È figlio tuo due volte perché hai dato anche alla madre una seconda vita."

"È figlio tuo, Miriàm, ma per il mondo io sarò suo padre. Lo iscriverò a mio nome, sarà nella discendenza della stirpe di Giuda, quarto figlio di Giacobbe-Israele. Sarà messo nell'elenco che passa per Davide mio antenato. Gli racconterò la storia della mia famiglia, gli insegnerò il mestiere. Non temere, Miriàm, sarò suo padre, ma lui è tuo."

E se fosse una femmina, come diceva la maligna alle spalle? Pensai questo pensiero così per gioco senza pronunciarlo. Il grembo si mosse con due colpi, due scatti, la creatura si rigirò. Se ne accorse anche Iosef che mi stava vicino. "Si agita?" "Altro che, mi ha dato un paio di calci belli secchi e decisi. Si vede che me li sono meritati."

Sa i miei pensieri. È un maschio e mi rimprovera. Occupa tutto il mio spazio, non solo quello del grembo. Sta nei miei pensieri, nel mio respiro, odora il mondo attraverso il mio naso. Sta in tutte le fibre del mio corpo. Quando uscirà mi svuoterà, mi lascerà vuota come un guscio di noce. Vorrei che non nascesse mai. Arrivò un altro calcio, però più gentile.

È bello non avere più le perdite del sangue, ritornare al corpo di bambina. Le mie compagne si raccontavano eccitate il momento della prima mossa della fertilità. Aspettavano impazienti il turno. A me piaceva invece essere l'ultima di loro, la tardiva. Mamma si preoccupava e quando mi svegliai col primo sangue secco sulle gambe, andò ai lavatoi a far vedere a tutte il lenzuolo da sbiancare con la potassa. Mi festeggiò con dolci, ma a me pareva di avere perduto una parte del corpo, non di averla acquistata.

Ora torno rinchiusa, indifferente al ciclo della luna nel sangue. Amo questa purezza di ritorno. Benedico Iosef che non mi tocca.

"Miriàm, sai cos'è la grazia?" "Non di preciso", risposi.

"Non è un'andatura attraente, non è il portamento elevato di certe nostre donne bene in mostra. È la forza sovrumana di affrontare il mondo da soli senza sforzo, sfidarlo a duello tutto intero senza neanche spettinarsi. Non è femminile, è dote di profeti. È un dono e tu l'hai avuto. Chi lo possiede è affrancato da ogni timore. L'ho visto su di te la sera dell'incontro e da allora l'hai addosso. Tu sei piena di grazia. Intorno a te c'è una barriera di grazia, una fortezza. Tu la spargi, Miriàm: pure su di me."

Erano parole da meritarsi abbracci. Restammo sdraiati senza una carezza. Ci pensai un poco e risposi per gioco: "Tu sei innamorato cotto, Iosef".

Dopo le nozze andavo a fare spesa al mercato. Minimo scambio di frasi, non sputavano più dietro di me, ero sposata. L'ultima novità era una cometa che iniziava di sera sopra l'orizzonte delle colline di Nazaret. Per la nostra gente è sempre stato un segno di cattivo augurio.

"Porta malattie."

"Peggio, porta la siccità."

"Chiama le cavallette."

"I Romani già ce li abbiamo in casa, cos'altro ci può succedere di peggio?"

Al contrario di loro a me piaceva. L'ho sentita raccontare da mia madre che l'aveva vista quando era incinta di me. Perciò per me era un buon segno il suo ritorno per la mia gravidanza.

Mi piace pure quando la luna passa in faccia al sole e lo spegne in pieno giorno. In terra si fa una pace schiacciante, si fermano pure le formiche. In quel momento nessuno ruba, nessuno ammazza, nessuno muore. Per un minuto il mondo è costretto a comportarsi bene, parlare a bassa voce.

Iosef tornava a sera, gli preparavo la cena. Gli piaceva il pesce, che arriva salato da Iam Kinnéret.* Glielo cucinavo con le cipolle e il riso, che tolgono il sale.

* Lago di Tiberiade.

Diceva che gli sarebbe piaciuto fare barche per i pescatori di Magdala. "Spero che il bambino ami l'acqua e impari a pescare." È un mestiere rischioso il pescatore, rispondevo. "Vedere il sole sorgere sul lago è una meraviglia che ti fa amare il mondo. Però hai ragione, Miriàm, ci sono anche tempeste improvvise."

Prima di sedersi a tavola si strofinava forte le mani nel bacile che avevo preparato, poi puliva il resto del corpo. Dalla cucina sentivo i rumori, li amavo uno per uno. L'ultimo era quello dell'acqua sporca versata sopra il solco delle cipolle.

Mangiava volentieri pulendo la scodella di legno con il pane. Quando lo spezzava lo faceva con una mossa lenta e delicata, mai vista fare prima da qualcuno. Con i gomiti bassi, senza sforzo, ogni sera divideva il pane. Mai con il coltello, che lo profanava, dopo la benedizione: "Benedetto sei tu Adonài, re del mondo, che fai uscire pane dalla terra". Quando spezzava il pane, il bambino si muoveva.

C'è stata un'aspra discussione sul giorno delle nozze tra Iosef e il resto della comunità. Me lo ha raccontato in seguito.

Da noi è consuetudine che una vergine sposi di mercoledì. Non è una bella usanza: il tribunale si riunisce una volta alla settimana, il giovedì. Se lo sposo dopo la prima notte di nozze trova da ridire sulla verginità della sposa, va dritto al tribunale il giorno dopo. Da qui viene l'uso di sposare le vergini di mercoledì. Nel mio caso, da incinta, non mi spettava quel giorno. Ma Iosef ha preteso le nozze di mercoledì. Nessuna legge l'impedisce, è solo un'usanza. Iosef non ha voluto rispettarla. Ha insistito, ha litigato, ha pagato il doppio, ma ha ottenuto il giorno che voleva. Uno si è permesso di dirgli: "Allora ci vedremo in tribunale il giorno dopo". E Iosef gli ha risposto: "Può aspettarmi là tutta la vita". Si è guadagnato le solite facce voltate dall'altra parte, ma si è abituato.

Alla fine del racconto l'ho rimproverato con il sorriso per la spesa in più. "Non era lo stesso, un giorno o l'altro?"

"No, Miriàm, noi siamo nel giusto. Tu sei vergine e io sposo una vergine di mercoledì. E dimostro che del tribunale del giovedì non so che farmene."

"Da una parte noi, dall'altra tutti loro, una delle due dev'essere nel torto, Iosef. Siamo nel giusto, ma è possibile che tutta la comunità sia nell'errore?" Lo dicevo non per un dubbio, ma per ascoltarlo.

"Nessuno ha torto, Miriàm. Il fatto è che tu sei la più speciale eccezione e loro non hanno cuore sufficiente per intenderla e giudicarla. È una faccenda che ha bisogno di amore a prima vista, mentre loro s'ingarbugliano sui codici, le usanze. Per loro tu sei pietra d'inciampo, per me sei la pietra angolare da cui inizia la casa."

Iosef con il suo esempio prova a spiegare l'amore alla legge.

"Da dove prendi la forza di stare da solo contro tutti, Iosef?"

"Da te", risponde.

Alla fine della raccolta delle olive entrai nell'ultima luna di attesa. Per strada le donne mi guardavano storto: "Ha finito di tenerlo nascosto, adesso sapremo di chi è figlio, a chi assomiglia". Mi intristiva il pensiero dei loro occhi secchi addosso a lui. Perciò fui contenta fino a dovermi trattenere dal buttargli le braccia al collo, quando Iosef disse che era arrivato l'ordine del censimento obbligatorio e che dovevamo partire per Bet Lèhem.* Aveva provato a chiedere un rinvio per noi, ero prossi-

* Betlemme.

40

ma al parto, ma l'autorità aveva respinto la richiesta. Iosef non era ben visto.

Mia madre era atterrita: "Perderai il bambino con le scosse del viaggio, ti verranno le doglie e non potrò starti vicina, che sventura, Miriàm". Ascoltavo le sue raccomandazioni affannate mentre mi aiutava a preparare il bagaglio. Mi rallegrava partire, partorire. Lalèkhet, lalèdet, partire, partorire, canticchiavo. Lalèkhet, lalèdet, lalèkhet, lá, lá. Per calmare le sue ansie le dicevo: "Sarà la cosa più facile del mondo, madre mia. Una vita si annida, cresce e poi trova l'uscita. Con l'aiuto del cielo qualunque posto in terra sarà quello migliore". Tranne questo, pensavo senza dirlo. "Ti porterò un bel nipotino, madre, abbi fiducia."

Si rasserenava, poi ricominciava: ma il viaggio, ma l'asina, ma il freddo. Sei un'incosciente diceva a me che sorridevo. "E poi c'è Iosef, lui provvederà per il meglio", provavo a dire. "E già, un uomo, che ne sa lui? Miriàm, gli uomini sono buoni a fare qualche mestiere e a chiacchierare, ma sono persi davanti alla nascita e alla morte. Sono cose che non capiscono. Ci vogliono le donne al momento della schiusa e all'ora di chiusura." "Basterò a me stessa, madre mia."

Dovevamo partire e pure in fretta, Bet Lèhem è lontana. Ero felice di partorire via da lì. Qualunque altro posto pure all'aperto, ma al riparo dagli sguardi delle donne del villaggio. Nessuna di loro, nemmeno una levatrice di Nazaret avrebbe visto, toccato il bimbo prima di me. Pure se dovevo cavarmela da sola era cento volte meglio della loro presenza.

"Benedetta Miriàm, che bel carattere che hai, pure in mezzo a questo guaio sei allegra e mi dai forza. Quell'angelo non sapeva quanto aveva ragione a chiamarti benedetta tu più di tutte le donne, berukhà att'miccòl hannashìm." E pure a Iosef venne allegria di mettersi in viaggio con me e fece quattro salti pazzarelli, al ritmo delle sillabe accentate. "Berukhà att'miccòl hannashìm" e batteva le mani. E il bambino ballava dentro di me.

"Pensa, Miriàm, nascerà in viaggio, lontano da questo paese di pettegoli. Lo vedranno al ritorno tra un mese dopo la circoncisione. Neanche quella festa faremo qui." Certo che ci pensavo, veniva da qui la mia allegria.

"Ma come faremo se non si trovano levatrici là dove sarai pronta?" "Non preoccuparti, Iosef, mi sono fatta spiegare tutto da mia madre. Lo saprei fare a occhi chiusi. Mentre tu eri al lavoro io mi sono allenata perché pensavo di doverlo fare qui e non volevo levatrici di Nazaret. E poi avremo l'aiuto di chi me l'ha piantato in grembo con l'annuncio. Non temere Iosef, tu provvedi al viaggio e al necessario, io sono pronta. Dimmi, piuttosto, hai affilato il coltello?" "Per cosa?" si spaventò. "Dovrò tagliare il cordone dell'ombelico." Iosef si passò una mano sulla fronte: "Ohi, Miriàm, come potrai fare anche questo dopo la fatica di metterlo fuori? Ti serve un aiuto, io non posso, agli uomini è proibito di assistere. Come riuscirai? Non l'hai mai fatto, non sai". "Saprò. In quel momento saprò fare tutto da sola. Tu provvedi al coltello, che sia affilata la sua lama, da tagliare il pelo."

Mi sentivo invincibile con lui al fianco e l'altro lui nel ventre. Iosef tacque, poi disse: "Sia fatta la tua volontà. Pure stavolta sia fatta la tua volontà". E gli passai la mano sulla fronte per aggiustare i capelli e scacciare i pensieri.

Terza stanza

Sellò l'asina con una stoffa morbida, mi fece salire sollevandomi di peso e appoggiandomi sopra la schiena della bestia. Fu il primo abbraccio delle nostre nozze. Lo ripetemmo a ogni sosta, un abbraccio per scendere, uno per salire. Sulle spalle caricò il peso maggiore per non sforzare l'asina. Aveva tagliato un legno di ulivo per appoggiare il passo, un bastone scortecciato alto più di lui. Partimmo che non era ancora giorno per non incontrare sguardi.

In principio d'inverno da noi non è rara la neve. Di notte si conserva sui campi, sugli alberi. Le strade erano fitte di viaggiatori costretti a spostarsi per il censimento. Bisognava iscriversi nei luoghi di nascita.

"Solo quelli che sono rimasti là dove sono nati, mai travasati come il vino sulle fecce, non devono spostarsi", era il commento di quelli che s'incontravano e facevano un poco di strada insieme. Molti erano i carri, la gente approfittava per portare in giro anche un po' di commercio.

Si formavano code, le ruote s'impantanavano. I campi erano bianchi, la strada nera di viandanti e fango, il cielo una corrente azzurra sotto il vento del nord. Respiravo profondo per far sapere anche al bambino le sorprese del mondo. Era fatto di opposti, l'alto e il basso si urtavano e mandavano scintille, oppure si sfioravano con una carezza. Gli zoccoli dell'asina bussavano la terra per saluto, le cime degli alberi rispondevano scrollando un po' di neve giù dai rami.

Lungo il cammino gli uomini si salutano e si dicono le novità. Le donne trattano in disparte qualche scambio. Preferisco restare vicino all'asina e senza darlo a vedere ascolto le parole degli uomini. Uno di loro dice a Iosef: "Che ve ne pare? Siamo o no dentro il verso del nostro Kohèlet,* figlio di Davide, re in Ge-

* Ecclesiaste.

48

rusalemme: *Tutti i fiumi vanno al mare e il mare non si riempie?*". "Dite bene", risponde Iosef, "eccoci sparpagliati come torrenti del Negev dopo l'acquazzone. Ho in mente un altro verso del nostro Kohèlet: *Un torto fatto non potrà raddrizzarsi.*"

"Sicuro", risponde l'altro, "a questo censimento non c'è rimedio, è un torto di radice e non di ramo." Gli uomini mettono volentieri la scrittura sacra in mezzo alle faccende quotidiane.

Con la gravidanza è cresciuto il gusto per le parole, per la loro importanza. Capisco di più gli uomini che ci tengono tanto. Dev'essere il bambino che m'insegna, lui che si è piantato in me con un annuncio, con le parole di una benedizione.

Iosef offre delle olive, l'altro ricambia con del formaggio. Riprendono il discorso. L'uomo prosegue: "Il seguito del verso da voi ricordato dice: *e quello che manca non si potrà contare.* Lo possiamo interpretare così: se molti di noi non andranno a farsi segnare il loro calcolo sarà vano".

Iosef intende diversamente: "Meglio obbedire, ci sono stati troppi lutti per resistere ai Romani. Darei al loro Cesare quello che ci chiede. A noi resta l'immensità del nostro Unico e Solo, che loro non possono conoscere. Elevano sugli altari un imperatore, un pezzo di carne e sangue che presto sarà corpo da vermi. Diamo a questo Cesare il suo e teniamoci quello che non può levarci". Il mio Iosef ha il senso della misura.

L'uomo insiste: "Ma è proprio questo il punto. Non ci chiede solo tributi, ma di riconoscere la sua divinità". Iosef smette per un momento la pazienza. "Su questo non la spunterà con noialtri. Noi siamo già assegnati ad altra proprietà, già caparra versata del mondo a venire."

Poi riprende il tono tranquillo e continua: "Meglio tornare al nostro primo verso: *Tutti i fiumi vanno al mare e il mare non si riempie*. Siamo acque correnti chiamate dal mare a riempirlo, senza possibilità di riuscita, però in obbedienza. Questo è Israele".

"Fiumi che vanno, nehalìm holekhìm, buon cammino, allora." "Buon cammino a voi."

Mi piace l'usanza dei nostri uomini di pescare un verso antico per spiegarsi il presente. Annodano il singolo giorno al tappeto del tempo.

Per evitare le colonne di carri passavamo per i campi, così non ascoltavamo i litigi e le bestemmie. Da noi ci si sposta tutti insieme per le feste comandate che però sono tutte nella buona stagione. Almeno una volta all'anno, di solito a Pasqua, si va verso i santuari. Sono pellegrinaggi in allegria, si canta, si balla, c'è il bel tempo. Invece questo viaggio invernale imposto dai Romani è pieno di maledizioni a loro. La gente si sfoga imprecando contro terra e cielo, contro i governi che lasciano le strade alla malora.

Iosef temeva il censimento. "È sgradito al Dio di Israele che ha voluto il nostro popolo numeroso come le stelle della notte e come la sabbia del mare. *Chi ha contato polvere di Iakòv e numero della quantità d'Israele?*, è scritto nel libro Bemidbàr.* Quando il nostro re Davide osò un censimento si scatenò la peggiore epidemia, settantamila perdite, da Dan a Ber Sheva."** "Di questo censimento siamo innocenti, è dei Romani. Ricada su di loro la colpa e castigo", gli dicevo e lui: "Così sia, Miriàm".

* Numeri 23, 10.
** Estremità nord-sud del territorio di Israele di allora.

Di soldati romani se ne vedevano raramente, ma quando apparivano di lontano le insegne, si faceva un silenzio compatto sulla strada. I carri dovevano sgomberare la via, ci si incrociava senza un saluto. Erano odiati qui più che in qualunque posto delle loro conquiste, così facevano sapere. Chissà se era vero che altrove li accettavano meglio.

In una deviazione per i campi di neve ho visto una chiazza di terra asciutta, rossa. Era di sangue. Iosef mi ha detto che la neve non si ferma sul sangue, non lo copre. "*Terra non coprirai il mio sangue*, grida Iiòv.[*] Ma è solo la neve a obbedire al suo grido. La nostra terra ha assorbito tanto di quel sangue da ubriacarsi. Questa povera terra nostra è inzuppata di sangue a fontane. E doveva essere terra promessa. Promessa? Ci è stata tolta da sotto i piedi cento volte, presa da chiunque, calpestata da popoli di nord e di sud, di Oriente e di Occidente. Chi l'ha voluta l'ha presa e poi l'ha persa a dadi."

Per fargli cambiare umore gli ho detto: "È più bello viaggiare d'inverno, i carri non alzano la polvere, non si suda, non ci sono nean-

[*] Giobbe.

52

che le mosche". E Iosef mi dava ragione facendo di sì con la testa mentre camminava davanti all'asina reggendo la corda della cavezza.

È lungo il cammino da Nazaret a Bet Lèhem. Due sono le strade per andare a sud. Una segue la valle del Giordano fino a Gerico e poi sale a Bet Lèhem da oriente. È più breve ma meno sicura a causa dei briganti. L'altra scavalca le alture del Carmelo, traversa la Samaria per la pianura che scende fino al mare e poi risale verso le montagne di Giuda. Seguimmo questa. Da una gobba sul valico del Carmelo, Iosef mi ha indicato il mare. Ho visto una pianura azzurra luccicante da stringere gli occhi. Ho tirato col naso l'odore del sale, sulla lingua era già pietanza. In bocca l'ho condito con un dattero. Il bambino che sta buono e dorme al dondolo dei passi dell'asina, dev'essersi svegliato. "Piace anche a te il mare oppure è il dattero che ti sto mandando?"

Abbiamo incontrato un cieco guidato da un cane. Lo abbiamo accompagnato al villaggio dove andava a iscriversi per il censimento. È stata una breve deviazione verso il mare. Così l'ho visto da vicino e mi sono intristita per l'uomo che non poteva guardarlo. Mi ha sentito il sospiro e ha indovinato. Ha detto che era stato pescatore per trent'anni e che sapeva il mare a memoria, le mosse che faceva. Ha descritto com'era in quel momento, il colore di primo fieno che prendeva sotto la spinta del vento di terra. Iosef e io ci siamo meravigliati e abbiamo sorriso con lui.

Sulla soglia del suo arrivo ha offerto a Iosef dei fichi secchi e poi lo ha benedetto: "Tu che aiuti uno che è visto dagli altri ma non vede, possa tu ricevere l'aiuto di colui che tutto vede e da nessuno è visto". È un popolo di sapienti in cuore, questo nostro.

Ci abbiamo impiegato una settimana, dormendo in locande affollate.

"Pare che ogni ebreo in Israele abbia deciso di vivere lontano dal suo luogo di nascita."

"Ci volevano i Romani per farmi tornare a casa." Intorno al fuoco nelle locande gli uomini si scambiavano battute e novità. "Qui non si parla di politica", interrompeva l'oste. Ma poi si riprendeva il discorso.

"Brontola il padrone, ma gli piacerebbe un censimento all'anno."

"Dovrebbe dare la percentuale al capo romano." Anche se gremite, un posto per me si

trovava. Compativano l'avventura che ci toccava.

Iosef si svegliava a ogni mio movimento,
dormiva con i sandali allacciati. Quando mi
abbracciava per aiutarmi a salire o a scendere,
il bambino faceva una capriola che pure Iosef
sentiva. "Fanno così impressione le sue mosse
sulla mia pancia da fuori, che non posso imma-
ginare cosa provi tu che hai le sue sporgenze
all'interno, in mezzo agli organi, sotto il cuore,
tra il fegato e i reni. Com'è Miriàm, contenere
un figlio, un fagotto di figlio dentro il corpo?"
"Chiedi alla pentola come si sente? Sono
solo un recipiente, vorrei sapere come si trova
lui dentro di me."
"Un recipiente? Come ti viene di dire così?"
"Senza conoscere uomo, che donna sono
io? Sono il suo recipiente."
"Lo so Miriàm che dici questo per farmi
certo che il tuo uomo sono io e nessun altro,
però non dire più quella parola. Suona male."
"Va bene, non la dico più." +

Venuto senza alzarmi l'orlo del vestito,
uscirà allo stesso modo? O nascerà da figlio di

donna con le spinte e le contorsioni? È venuto col vento di marzo, poi è cresciuto nell'acqua della mia placenta come tutti i bambini del mondo. Cosa prova lui adesso che sta per uscire e il tempo di grembo è scaduto? "Iosef, mi sembra che il censimento sia per noi un pretesto. Saremmo partiti lo stesso. L'ultima sua settimana doveva essere quella di un viandante, senza fissa dimora, sulla schiena di un'asina paziente."

"Miriàm, il nome spetta a te, sarai tu a darlo. Io vorrei chiamarlo Ieshu."

"Mi piacciono i nomi brevi, due sillabe bastano: Ieshu, figlio di Iosef e Miriàm, suona intonato."

"Ieshu figlio di Miriàm e del più ignoto dei padri."

"Non dire così, uomo mio, è Ieshu dal verbo salvare perché tu l'hai salvato. È Ieshu il salvato."

"No, Miriàm, è Ieshu perché me l'ha ordinato l'angelo nella notte in cui dovevo decidere di noi dopo il nostro incontro. Venne in sogno, te l'ho raccontato, anche se a me sembra di non aver potuto dormire quella notte. Venne e m'impose di prenderti in moglie così com'eri e poi mi disse il nome del bambino. Miriàm, sono colpevole di fronte a te e al tuo grembo. Quella notte volevo fuggire."

No, Iosef mio, tu non sei colpevole, tu non sei fuggito e ora sei qui. Sei stato il più coraggioso degli uomini. L'angelo ti ha guidato una notte, ma poi sono venuti i giorni e non c'era quando ti sei messo contro tutta la comunità di Nazaret, contro la tua famiglia, contro la legge che mi condannava. E sei stato isolato per mesi e hai taciuto con la stessa fermezza con la quale i profeti parlano. Tu sei il più giusto degli uomini in terra.

E mentre le nostre parole diventavano più salde di amore, la luna era in ultimo quarto e al suo posto brillava la luce tagliente di una stella cometa salita sopra il cielo d'Israele. I pastori di greggi erano inquieti, le bestie spaventate da quella luce fredda uscita dal fondo di pozzo del firmamento. A guardarla faceva lacrimare.

I pastori si davano il cambio per vegliare di notte. Le loro voci si chiamavano, intonavano canti intorno al fuoco per calmare le bestie impaurite. A Iosef non piaceva la novità della cometa, la metteva insieme al censimento e all'occupazione militare. Provavo a fargli cambiare idea: "È in viaggio come noi, ci aiuta in queste notti che manca la luna". Iosef rispondeva con un po' di sorriso e faceva di sì con la testa. È la più certa prova d'amore quella di un uomo che cambia parere per essere d'accordo con la donna.

Bet Lèhem, Casa di Pane, campi di grano intorno, arati e messi a riposo invernale, aria di neve in cielo, non ancora in terra: arrivammo dopo un'ultima tappa più breve, lasciata corta apposta per dare a Iosef il tempo di trovare una sistemazione.

Bet Lèhem è una città, rispetto a Nazaret. Lungo la salita superando i carri si sentiva dire che non c'era più posto, che bisognava accamparsi all'aperto. "Previdente chi è venuto col carro, che con una buona tenda fa da stanza, ma voi benedetto uomo con vostra moglie incinta che farete? L'asina è buona in cammino ma di notte non serve."

Iosef mi lasciò insieme all'asina fuori di città e partì di corsa. C'era odore di vino. Le cantine di certo avevano anticipato il travaso per averne da vendere ai viandanti.

Ero arrivata al giorno, si stavano aprendo le mie acque. Tornò dopo due ore, desolato. Niente, non aveva trovato niente. Nato a Bet Lèhem, era partito bambino per la Galilea. Non aveva un familiare al quale rivolgersi. La città era sottosopra per il ritorno delle famiglie da censire. Ogni casa ospitava parenti venuti da lontano. Si torceva le mani. Aveva implorato, offerto anche l'asina per un letto, niente. C'era solo una minuscola stalla dove c'era un bue. La bestia, almeno lei, accolse bene gli intrusi, io e l'asina.

Quando si è vergine si pensa che tutti gli amori sono possibili, poi d'improvviso uno cancella gli altri mai venuti. Diventare donne porta questa semplificazione, un vento che si abbatte sopra una fioritura e lascia un fiore solo. Tutta l'immensità di prima precipita in un abbraccio. A me nemmeno quello: anziché i baci di Iosef sugli occhi, un lancio di parole nelle orecchie.

Così sono restata vergine e però sposa, vergine e però madre. È potente la forza che mi ha tenuto ferma mentre mi lavorava. Così succede al vaso che ruota tra le mani del vasaio, restavo argilla ma scavata, fatta per contenere. La gravidanza è stata un tempo di perfezione all'ombra, la durata di un'asciugatura. Eccomi pronta, argilla con un'anima di ferro: le pietre che volevano scagliarmi si sono frantumate.

Ultima stanza

"Ce la farò, qui starò benissimo. Hai trovato un posto adatto, caldo e tranquillo. Ce la farò Iosef, sono donna per questo. All'alba ti metterò sulle ginocchia Ieshu." I dolori erano cominciati. Iosef sistemò della paglia sulle pietre asciutte, ci stese sopra una coperta e le pelli. Gli chiesi il coltello e un bacile d'acqua. Mi sdraiai. Batteva più violento il cuore, i colpi bussavano alle tempie, da chiudere gli occhi. Nessuno intorno, la piccola stalla era fuori nei campi. Una luce calava da un'apertura del tetto di canne e di rami. Era lei, la cometa, appesa in cielo come una lanterna. Prima di separarci gli ho messo in ordine i capelli, ci siamo sorrisi. "Così mi piaci", gli ho detto, soddisfatta di com'erano sistemati.

Iosef era uscito lasciando il coltello e il bacile. Ora toccava a me, ora dovevo fare, partorire è fare con il corpo. Mia madre mi aveva spiegato che stare distesa un po' in discesa, aiutava. Macché, mi alzai in piedi e mi appoggiai di schiena alla mangiatoia. Dietro di me i musi dell'asina e del bue, uno di loro mi allungò una leccata sulla nuca. Avevo nelle orecchie i loro fiati. Messi insieme avevano un ritmo svelto da andatura spedita. Regolai il mio respiro sul loro.

Sudavo. Appoggiata di schiena mi tenevo il pancione con due mani per aiutare le mosse del bambino. L'incoraggiavo a bassa voce, col respiro corto. Lo chiamavo. Le bestie alle spalle mi davano forza. Le gambe mi facevano male per la posizione. Mi inginocchiai per farle riposare. "Affacciati bimbo mio, vienimi incontro, mamma tua è pronta a prenderti al volo appena spunta la tua testolina." I muscoli del ventre andavano dietro al respiro, una contrazione e un rilassamento, spinta, rincorsa, spinta. Quando lo strappo era più forte mi mordevo il labbro per non far scappare il grido. Iosef era di sicuro davanti alla porta, di guardia.

Lontano i pastori chiamavano qualche pecora persa. "È una bella notte per venire fuori, agnellino mio, notte limpida in alto e asciutta in terra. Il viaggio è finito e tu hai aspettato questo arrivo per nascere. Sei un bravo bambino, sai aspettare. Ora nasci, che tuo padre ti aspetta. Si chiama Iosef, quando entra gli diciamo: caro Iosef io sono Ieshu tuo figlio. Vedrai che sorpresa, che faccia farà."

Parlavo e soffiavo, a un colpo più forte, una spallata di Ieshu, mi alzai di nuovo in piedi appoggiandomi alla mangiatoia. Le bestie ruminavano tranquille, c'era pace. Iosef aveva scelto un buon posto per noi. "Bel colpo Ieshu, un altro così e sei fuori, ecco ti aiuto, spingiamo insieme, le mani sono pronte a raccoglierti, via?" Via, è uscita la spalla, l'ho toccata, poi è rientrata, ma subito dopo di slancio Ieshu ha messo fuori la testa, l'ho avuta tra le mani, mi sono commossa, mi è scappato un singhiozzo e sul singhiozzo è venuto fuori tutto e l'ho afferrato al volo. L'ho alzato per i piedi per liberare i polmoni e fare spazio al primo vento che forza l'ingresso chiuso del respiro. Ieshu ha inghiottito aria senza piangere.

Faccio mosse esperte senza conoscerle. Il mio corpo fa da solo, esegue. Non l'ho istruito io. Odoro la creatura perfetta che mi è nata, posso allentare il nervo attorcigliato del sospetto: è maschio, è la certezza, non più una profezia. È maschio, primogenito in terra di Iosef e Miriàm, carne da circoncidere, oggi a otto. È maschio, l'ho fatto io, sgusciato sano in mezzo all'acqua e al sangue, il corpo esulta insieme a quello di ogni donna che mette al mondo l'altro sesso, perché è un regalo a noi.

Ho tagliato il cordone, un solo taglio, ho fatto il nodo del sarto e ho strofinato il suo corpo in acqua e sale. Eccolo finalmente. L'ho palpato da tutte le parti fino ai piedi. L'ho annusato e per conferma gli ho dato una leccatina. "Sei proprio un dattero, sei più frutto che figlio." Ho messo l'orecchio sul suo cuore, batteva svelto, colpi di chi ha corso a perdifiato. Al poco lume della stella l'ho guardato, impastato di sangue mio e di perfezione. "Somigli a Iosef." Così ho voluto vederlo. "Tuo padre in terra è un uomo coraggioso, tu gli assomiglierai." Mi sono stesa sotto la coperta di pelle e l'ho attaccato al seno.

Il bue ha muggito piano, l'asina ha sbatacchiato forte le orecchie. È stato un applauso di bestie il primo benvenuto al mondo di Ieshu, figlio mio. Non ho chiamato Iosef. Gli avevo promesso un figlio all'alba ed era ancora notte. Fino alla prima luce Ieshu è solamente mio. È solamente mio: voglio cantare una canzone con queste tre parole e basta. Stanotte qui a Bet Lèhem è solamente mio. Succhiava e respirava, la mia sostanza e l'aria: "Non potrai avere niente di più bello di questo bimbo mio. Il respiro di una notte di kislev scarsa di luna te l'offre la tua terra d'Israele, il succo di madre-pianta lo spremi tu da me. Questo è il meglio che potremo darti, la tua terra e io".

Fuori c'è il mondo, i padri, le leggi, gli eserciti, i registri in cui iscrivere il tuo nome, la circoncisione che ti darà l'appartenenza a un popolo. Fuori c'è odore di vino. Fuori c'è l'accampamento degli uomini. Qui dentro siamo solo noi, un calore di bestie ci avvolge e noi siamo al riparo dal mondo fino all'alba. Poi entreranno e tu non sarai più mio.

Ma finché dura la notte, finché la luce di una stella vagante è a picco su di noi, noi siamo i soli al mondo. Possiamo fare a meno di loro, anche di tuo padre Iosef che è il migliore degli uomini. Pensa: noi usciamo di qui all'alba del giorno e fuori non esiste più nessuno, né città, né esseri umani. Pensa: noi siamo i soli al mondo. Che felicità sarebbe, nessun obbligo all'infuori di vivere. Finché dura la notte è così.

Abìtuati al deserto, che è di nessuno e dove si sta tra terra e cielo senza l'ombra di un muro, di un recinto. Abìtuati al bivacco, impara la distanza che protegge dagli uomini. Non è esilio il deserto, è il tuo luogo di nascita. Non vieni da un sudore di abbracci, da nessuna goccia d'uomo, ma dal vento asciutto di un annuncio. Non si fideranno di te, come sei fatto.

Possa tu provare nostalgia di stanotte quando sarai nella loro assemblea, quando ti ascolteranno, possa tu guardare oltre la loro piazza, dove iniziano le piste.

Abìtuati al deserto che mi ha trasformato in tua madre. Sei venuto da lì, dal vuoto dei cieli, figlio di una cometa che si è abbassata fino al mio gradino. Non è il censimento a spostarci, ma una via tracciata lassù in alto. Stanotte lo capisco, domani l'avrò dimenticato.

Ho dormito poco in questi mesi. Le notti guardavo le carovane delle stelle che i sapienti chiamano costellazioni. Stanotte continua l'insonnia, però è la migliore perché posso abbracciarti. Hai fatto bene a nascere di notte, lontano dagli uomini e dal giorno. Quello che verrà, domani e poi, sarà il contrario di ora, di stanotte. Stanotte è il tempo di abituarti al deserto che è tuo padre.

Com'è che non hai pianto, com'è che non piangi? Non puoi, sei forse muto? Meglio sarebbe, saresti in salvo, si dà troppa importanza alle parole, succede che costringono all'esilio, alle prigioni o peggio. Portano peso eppure sono fiato. Guarda come va su quello della nostra asina e quello del bue che ci ospita è più forte e sale più veloce. Pure il nostro, lo vedi? Soffio e va su.

E le parole no, una volta uscite mettono fuori il peso. Quelle di un annuncio ti hanno portato a me, quelle di un profeta danno ordini al futuro.

Ma no che non sei muto e nemmeno stupito di star fuori di me. Muta ero io davanti all'angelo, muta ero io. Invece tu, figlio di un vento di parole addosso a me, sarai un vaso di frasi.

Sarai diverso, ma senza esagerare, com'è diverso un fiocco di neve da un altro, un'oliva dall'altra. Basta poco da noi a finire esclusi:

un'opinione su un articolo di legge, sull'amore, come il nostro Iosef che è stato messo al bando in mezzo al popolo per proteggere noi. Tu sei diverso già da ora e neanche è trascorsa un'ora tua. Mi fa paura che non piangi, figlio.

Le voci dei pastori stanno cercando l'alba. Fuori c'è una città che si chiama Bet Lèhem, Casa di Pane. Tu sei nato qui, su una terra fornaia. Tu sei pasta cresciuta in me senza lievito d'uomo. Ti tocco e porto al naso il tuo profumo di pane della festa, quello che si porta al tempio e si offre.

Si offre? Che sto dicendo, Signore mio che sto dicendo? Si offre? Ma perché? E perché figlio nasci proprio qui in Casa di Pane? E perché dobbiamo chiamarti Ieshu? Cosa mi è uscito di bocca: pane, offerta? Non sia mai, no, tu non sei pane, tu sei uno dei tanti marmocchi che spuntano al mondo, uno degli innumerevoli che nemmeno si contano e brulicano sulla faccia della Terra. Tu non sei niente di speciale, sei un piccolo ebreo senza importanza che non deve dimostrare niente, non deve fare altro che vivere, lavorare, sposarsi e avere il necessario.

Signore del mondo, benedetto, ascolta la preghiera della tua serva che adesso è una madre. Quando nasce un bambino la famiglia si augura che diventi qualcuno, intelligente, si distingua dagli altri. Fa' che non sia così. Fa' che questo brivido salito sulla mia schiena, questo freddo venuto dal futuro sia lontano da lui. Lo chiamo Ieshu come vuoi tu, ma non lo reclamare per qualche tua missione. Fa' che sia un cucciolo qualunque, anche un poco stupido, svogliato, senza studio, un figlio che si mette a bottega da suo padre, impara il mestiere, lo prosegue.

Noi penseremo a trovargli una moglie, lui mi metterà sulle ginocchia una squadra di figli. Signore del mondo, benedetto, fa' che abbia difetti, non si occupi di politica, vada d'accordo coi Romani e con tutti quelli che verranno a fare i padroni a casa nostra, nella nostra terra. Non ho più visto il messaggero, non l'ho più sentito: è segno che lascerai fare a me e a Iosef? Certo, ce ne occupiamo noi. Fa' solo che questo bambino sia nessuno nella tua storia, fa' che sia un uomo semplice, contento di esserlo e che si arrabbi soltanto con le mosche.

Fa' che non sia bello, non susciti invidie. Ascolta la preghiera alla rovescia della tua serva. Stupida che sono stata a vantarmi in me stessa della sua perfezione, della sua venuta dentro di me senza seme di uomo. Stupida e peccatrice per orgoglio a esaltare la sua specialità. Sia nessuno questo tuo Ieshu, sia per te un progetto accantonato, uno dei tuoi pensieri usciti di memoria. Ti pregano già tanto di ricordare questo e quello. Scòrdati di Ieshu.

Una nuvola passa e copre la stella. Il fiato delle bestie sale sicuro in alto. Ha più forza della mia preghiera. Non importa, continuo. Promettimi questo: che non lo sedurrai nei suoi vent'anni, come facesti col tuo Irmiau,* anche lui conosciuto da te mentre era ancora in grembo. Nei vent'anni è un sollievo ardere per un'idea, un impulso di verità e giustizia. Non sia quello il tempo del suo richiamo. Non sia prima dei trenta, prima che sia uomo compiuto, di scelte meditate. Allora se sarà ancora ferma la tua volontà che me l'ha messo in grembo, te l'offrirò io stessa, come fece Hanna, madre di Samuele. Lei lo portò dopo i tre anni, a me concedi i trenta.

* Geremia.

Lo chiamerò ad agire, lo prometto, ma non nel mezzo di una mischia, di una guerra. Stanotte a lume di una stella viaggiante ho la vista dei ciechi. Tocco il corpo di Ieshu in punta di dita e lo vedo a una festa di nozze. Non è lui che si sposa, noi siamo invitati. Lui è un uomo, è già nei trent'anni. E io gli chiedo qualcosa e lui mi guarda, arrossisce confuso, non vuole, poi obbedisce. Non so cosa gli ho chiesto, né cosa fa lui per risposta. Intorno la festa continua. So che te lo consegno quel giorno. Non dico: così sia. Dico: non sia prima di così.

Ti ho promesso, promettimi. Ti ho obbedito, esaudiscimi.

Ieshu apre gli occhi nel palmo di mano che gli regge la testa. Smette di succhiare, le sue pupille accolgono l'argento della luce notturna.

Sono presa tra voi due. È così per ogni madre o questa notte è l'unica del mondo? Con te imparo il dubbio di essere una qualunque, presa a caso, oppure la più segreta. Certezza è che mi ascolti.

Dormi? Sì, dormi, non ascoltare tua madre infuriata contro se stessa, afferrata alla gola da un terrore. Dormi, respira sazio, cresci, ma poco, lentamente, vivi, ma di nascosto. Aspetto il tuo primo sorriso per coprirlo, che non abbagli il mondo e ti denunci. Dormi, domani vedrai la prima luce della tua vita e avrai di fianco la tua prima ombra. Dentro di me non ne facevi. Dormi, sogna che sei ancora lì, che la tua vita ha ancora il mio indirizzo. In sogno ci potrai tornare sempre.

Che vuoto mi hai lasciato, che spazio inutile dentro di me deve imparare a chiudersi. Il mio corpo ha perso il centro, da adesso in poi noi siamo due staccati, che possono abbracciarsi e mai tornare una persona sola. A terra sulle pietre della stalla c'è la placenta, il sacco vuoto della nostra attesa.

Sta sbiadendo la luce della stella, il giorno viene strisciando da oriente e scardina la notte. I pastori contano le pecore prima di spargerle sui pascoli. Iosef sta sulla porta. Ieshu, bambino mio, ti presento il mondo. Entra Iosef, questo adesso è tuo figlio.

Tre canti

Canto di pastori

Padre nostro che sei nei cieli
guarda il tuo gregge che resti intero e tuo.
Sia salva la tua proprietà
come in cielo e così in terra.
Dacci oggi i pascoli di domani,
riporta la smarrita e noi te l'offriremo
e non permettere gli agguati
ma salvaci dai lupi, e così sia.

Canto di Miriàm/Maria

Di chi è questo figlio perfetto,
chiederanno frugandolo in viso,
di chi è questo seme sospetto,
la paternità del tuo sorriso?

È solamente mio, è solamente mio,
di nessun'altra carne, è solamente mio.
È solamente mio, è solamente mio,
finché dura la notte è solamente mio.

Chi è questo figlio cometa?
Chi è questo mio clandestino?
Spillato da fonte segreta,
venuto al travaso del vino?

È Solamente Mio, è Solamente Mio,
il suo nome stanotte è Solamente Mio.
È Solamente Mio, è Solamente Mio.
domani avrà altro nome, adesso è Solamente
                                    Mio.

Muta ero io

Mi fa paura che non piangi, figlio.

Com'è che non hai pianto, figlio mio,
com'è che non hai pianto?
Non è che non puoi piangere, non è
che non potrai parlare?
Meglio sarebbe, saresti in salvo,
meglio sarebbe se fossi muto,
si dà troppa importanza alle parole
finisce che costringono all'esilio,
alla prigione o peggio.

Ma no che non sei muto
e nemmeno stupito di star fuori di me.
Ma no che non sei muto
e nemmeno sfiorato dal mondo intorno a te.
Muta ero io davanti all'angelo,
muta ero io,
stupita io davanti all'angelo,
sfiorata io.
Figlio di un vento di parole addosso a me,
invece tu sarai un vaso di frasi.

Mi fa paura che non piangi, figlio.

Indice